등장인물

파피

플레이타임 사에서 가장 지적인 인형.
파피는 교활한 성격으로 자신이
옳다고 생각하는 일을 이루기 위해서는
수단과 방법을 가리지 않고,
뭐든 마음대로 조종하려고 한다.

마미 롱 레그

팔다리가 원하는 대로 늘어나고 얼마든지
비뚤어진 모습이 될 수 있는 인형.
마미 롱 레그가 무섭게 보이려고
마음만 먹으면 얼마든지
기괴한 모습도 가능하다.

최민준

우연한 기회에 플레이타임 사에
방문하여 〈코믹 호러 퀴즈쇼〉에
참가하게 된 소년. 이곳을
빠져나가기 위해 제한 시간 내에
퀴즈를 모두 풀어야 한다.

허기워기

입을 열면 무시무시한
이빨이 가득한 인형.
평소에는 천천히
움직이지만 어떤
순간에 무서운
모습으로 다가올 지
알 수 없다.

키시미시

허기워기의 반쪽이자
분홍색 파트너 인형.
약간 미스터리한 충성심을
지니고 있다. 느릿느릿하게
움직인다.

박시부

장난감 상자 모습에서 변신하는 인형.
별 모양이 그려진 앞부분을 기준으로
손발과 팔다리가 튀어나오고
위쪽에서는 네모난 머리가
튀어나온다.

부기 봇

밤새도록 춤을 출 준비가 되어
있는 로봇. 춤은 부기 봇이
공포심을 없앨 수
있는 유일한
방법이다.

Pj 퍼그어필러

아코디언 같은 몸에
복슬복슬한 털을 지닌 인형.
끝없이 길어지면
징그러운 지네로 보인다.

캣비

사랑스러운 장난감 목록에 오른 인형.
공장 곳곳에서 부서진 모습으로
만날 수 있다.

번조 버니

매력적인 파티 의상과 심벌즈로
주변을 즐겁게 하는 인형.
하지만 손에 쥔 심벌즈로
머리를 강타한다.

차례

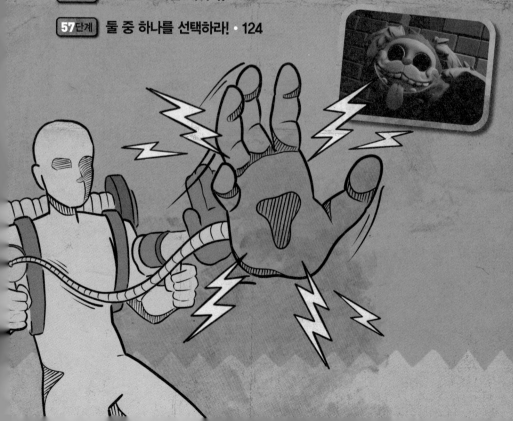

안녕, 친구들! **내 이름은 민준이야, 최민준.**
나는 요즘 게임 **파피 플레이타임**에 푹 빠져 있어.
게임의 모티브가 된 장난감 공장 플레이타임은
이미 10년 전에 문을 닫았지만
온라인에서 떠도는 이야기
덕분에 지금은 무서운
장소로 유명해.

자정 12시에 공장 안으로
들어가면 **실제 살아
있는 장난감**들을 만날 수
있다는 소문이 진짜일까?
나는 꼭 확인해 보고
싶었어. 그리고 부모님이
출장을 가신,
오늘이 바로 디데이야!

나는 형이 잠든 틈을 타, 몰래 집을 나왔어.
그리고 집에서 10분 거리에 있는 플레이타임 사로 향했지.

도착하자, 나는 숨 호흡을 한 번 한 후 공장의 문을 슬며시 열었어.
몇 개의 조명이 반짝거렸고, 안으로 몇 걸음 내딛자 조명 하나가
꺼졌어!

"거, 거기- 누, 누구야?!"

나는 재빠르게 주위를 둘러봤지.
빛이 닿지 않는 저 멀리
캄캄한 구석에서
무언가 나를 보고 있어!

나는 숨 쉬는 것조차 잊은 채 그곳을 뚫어지게 바라봤지.
그러자 그림자가 천천히 나에게 다가왔어.

"헉!! 너, 너는…!"

조명 아래로 다가오자 나는 한눈에 그가 허기워기라는 걸 알았어.
그리고 어디선가 음산한 음성이 들렸지.

**" 코믹호러 퀴즈쇼에 오신 걸 환영합니다.
퀴즈쇼에 참가하는 분은 단계별 퀴즈를 맞혀야만
이곳에서 나갈 수 있습니다."**

그 순간 나는 아무 생각도 할 수가 없었어. 내가 자정이 넘은
이 시각에 나 혼자 이곳에 갇혔다는 사실만 머릿속에 맴돌 뿐이었어.
그렇게 멍하니 바라보고 있는 사이에 어느새 첫 번째 퀴즈가
내 눈앞에 펼쳐졌어. 게다가 퀴즈에는 제한 시간까지 있었지.

"으악! 어떡하지?! 정신 차리자, 최민준!"

**"이대로 포기할 순 없지!
좋아, 어디 한 번 해 보자!"**

다른그림을 찾아라!

마미 롱 레그와 허기워기, PJ 퍼그어필어가 함께 찍은 사진이야.
왼쪽 사진과 오른쪽 사진에서 서로 다른 다섯 군데를 찾아봐!
늦으면 사진 속에서 친구들이 튀어나올지 몰라!

3, 30초라니! 집중하자, 집중!
한 명씩 차분하게 살펴보는 거야.
일단 마미 롱 레그부터 다른 점이 없는지 찾아보자.

암호를 해독하라!

2단계

제한시간 **60초**

표1과 표2에는 어떤 메시지가 숨어 있어.
힌트에 있는 숫자를 보고 어떤 메시지가 있는지 찾아봐!
시간이 없다! 빨리 해독하자!

힌트: 2, 3 / 4, 4 / 1, 1 / 5, 5 / 5, 3 / 4, 2

5	해	마	손	기	퍼
4	미	고	리	제	안
3	파	피	나	정	그
2	레	상	추	를	지
1	이	기	치	재	제
	1	2	3	4	5

SOS ▶ 힌트의 숫자는 가로, 세로를 뜻해.

14

암호에는 아코디언 같은 몸을 지닌
녀석의 이름이 들어가 있지. 암호대로 하면,
이곳을 빠져나갈 수 있으니 머리를 써 보라고~!

힌트: 1, 5 / 2, 4 / 3, 2 / 4, 3 / 5, 2

	1	2	3	4	5
5	따	러	니	쇼	씨
4	소	라	너	교	잘
3	리	요	한	시	리
2	지	김	가	징	오
1	일	사	공	경	말

정답은

아이템을 찾아라!

PJ 퍼그어필러와 마미 롱 레그 그리고 파피의 이야기를 들어 보고 그들의 아이템을 찾아봐! 늦으면 마미 롱 레그에게 잡히고 말 거야!

비디오를 찾아줘!
우리의 행복했던 때를 녹화해 둔 비디오 말이야!

차단기를 찾아줘!
전등 빛이 눈에 거슬리니 깨야겠어, 당장!

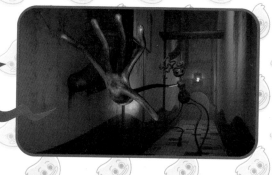

꽃을 찾아줘!
아름다운 꽃을 보면 마음이 편안해지거든.

선이 왜 이렇게 복잡한 거야?!
젤 무서운 마미 롱 레그 것부터 찾아보자!

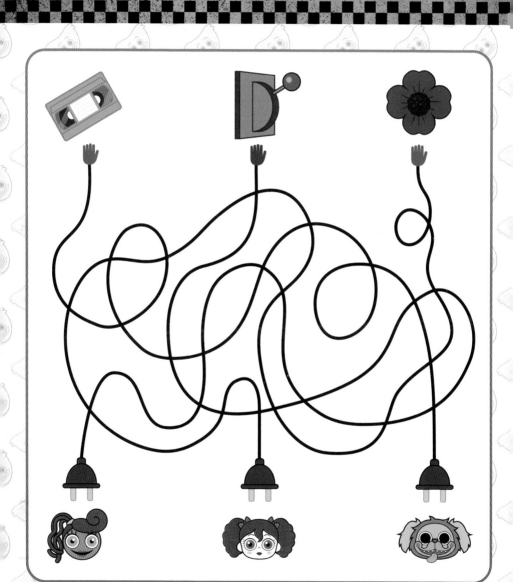

17

다른그림을 찾아라!

민준이가 안을 헤매다 보니 으스스한 분위기의 긴 복도가 나왔어.
그런데 계속 똑같은 복도가 또 나오는 거야.
그때 어디선가 파피의 목소리가 들렸어.

18

한 번만 들어가라!

5 단계

제한
시간 **60**초

여기는…? 주변을 살펴보던 민준이는 깜짝 놀랐어.
이곳은 바로 인형 장난감을 만드는 곳이야.
그런데 바닥에 무언가 적혀 있어!

허기워기가 쫓아오고 있어!
숨겨진 그림을 찾아서
빨리 길을 찾아야 해!

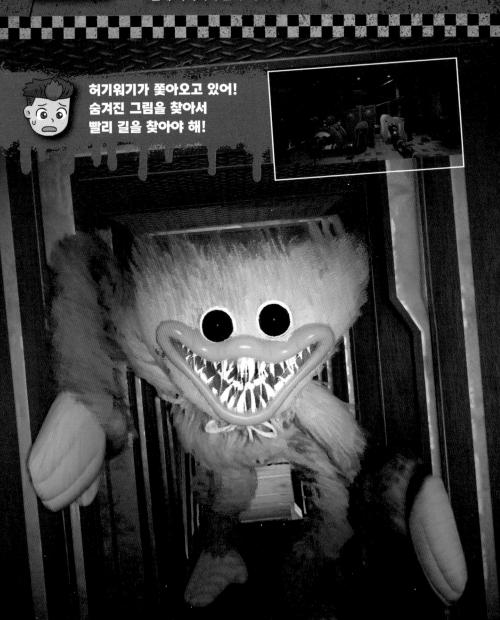

20

민준이라고 했나? 그럼 어디 실력 좀 볼까?
〈보기〉의 그림이 가로줄과 세로줄에 각각 한 번씩만
들어가도록 스티커를 붙여 봐.

숫자를 써라!

허기워기를 피해 간신히 길을 찾은 민준이는 멀리 으스스한
그림자를 보았어. 깜짝 놀라 뒷걸음치던 민준이 발에 무언가 걸렸지.
떨리는 손으로 집어 보니, 마미 롱 레그의 편지였어.

대단하군, 민준. 5단계까지 오느라 고생 많았어.

하지만 갈 길이 더욱 멀다는 것! 우후훗!

이번에는 숫자 게임이지. 저 위에 숫자가 적힌 종이가 붙어 있어.

규칙을 찾아 빈칸에 맞는 숫자를 쓰도록 해.

제한 시간 안에 맞히지 못한다면…

내가 너에게 다가가 줄게.

그럼 시작해 봐!

히히히히

끼이익!

SOS ▶ 숫자 10, 4, 5가 나오는 규칙을 먼저 찾는 게 좋아.

 마미 롱 레그의 뒤의 빈칸에 알맞은 숫자를 넣어보자.

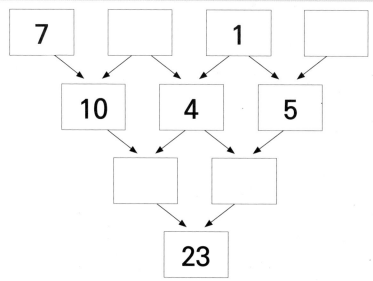

7		1	

10	4	5

23

7 단계

제한 시간 **30**초

수수께끼 퀴즈를 맞혀라!

이번엔 허기워기와 키시미시가 길을 막고 있어.
수수께끼 퀴즈 3개를 맞혀야만 그들을 피해 다음 단계로 갈 수 있지.

아, 안 돼!
평생 허기워기와 키시미시에게 쫓길 순 없어!
집중하자, 꼭 맞혀야 해!

Q 퀴즈 1

잠을 자야만 갈 수 있는 나라는 어디일까?

Q 퀴즈 2

말은 말인데 타지 못하는 말은 무엇이지?

Q 퀴즈 3

아무리 달려도 따라잡을 수 없는 차는?

숨어 있는 장난감을 찾아라!

활기가 가득했던 예전 플레이타임 공장의 모습이야.
곳곳에 몸의 일부만 보이는 키시미시, 마미 롱 레그, 박시부,
PJ 퍼그어필러, 허기워기를 찾아봐.

8단계

제한시간 **80**초

키시미시　　마미 롱 레그　　박시부　　PJ 퍼그어필러　　허기워기

27

사진 퍼즐을 완성하라!

민준이가 다음 방으로 가니 커다란 허기워기 사진 퍼즐이 보여.
많은 어린이들의 사랑을 독차지했던 허기워기의 귀여운 모습이지.
이번엔 퍼즐 조각을 맞춰 허기워기의 모습을 완성해야 해.

허기워기의 귀여운 모습이라니~. 이 모습으로 다시 돌아와 주면 안 되겠니!

28

조각을 빨리 완성하지 않으면 허기워기가
너를 공격할 거야. 서두르는 게 좋을걸?

테이프를 찾아라!

민준이는 사무실처럼 보이는 곳으로 발길을 옮겼어.
바닥엔 다음의 세 장의 카드가 놓여 있었지. 카드의 숫자를
확인하고 다음의 퀴즈를 맞혀야 해.

Q15

K20

J10

카드가 상징하는 숫자를 넣어 아래의 식을 푼 다음,
정답이 적힌 테이프를 찾아라!

$$(J + K - Q) \times 45 = \boxed{}$$

어떤
테이프일까?

사라진 물건을 찾아라!

11단계

제한시간 **90초**

이곳은 플레이타임 사의 아버지 엘리엇루드윅의 방이야.
그런데 조금 전까지 없었는데, 나타난 것들이 있어.
달라진 다섯 군데를 찾아봐! 찾지 못하면 이곳에 갇히게 될 거야. 영원히~!

헉! 제한 시간 90초!
뭐가 바뀌었는지 하나도 모르겠어.
싫어, 이곳에 갇히긴 싫단 말이야!

현재 시각을 알아내라!

가까스로 물건을 찾는 데 성공한 후 옆방의 문을 연 민준이.
방에 있던 파피가 벽쪽의 시계를 포스터로 가려 놓고,
현재의 시각을 맞혀 보라고 퀴즈를 내고 있어!

A BUZY BEE,
THAT'S ME!

생각해 보자. 내가 이곳에 도착한 시각은 자정(오전 12시)이었어. 12단계까지 왔으니, 한 시간 정도 지난 것 같은데…?

 내가 힌트를 하나 줄게. 내 전자시계는 민준이 네가 3단계 문제를 푼 직후 멈춘 상태로, 이후 3시간 30분이 흘렀어! 그래서 현재 시각은 알 수가 없어~.

 파피의 전자시계에서 3시간 30분 후의 시각은 몇 시 몇 분일까?

① 오전 1시 50분 ② 오전 2시 20분 ③ 오전 3시
④ 오전 3시 50분 ⑤ 오전 3시 40분

SOS ▶ 전자시계가 멈춘 시각에서 시간이 흐른 만큼 더해야 해.

친구를 찾아라!

13 단계

제한시간 90초

무대 위에 세 명의 친구가 춤을 추고 있어.
이 중 한 명이 물음표 카드 뒤로 사라져 버릴 거야.
한눈팔지 말고 지켜봐. 사라진 친구는 누구일까?

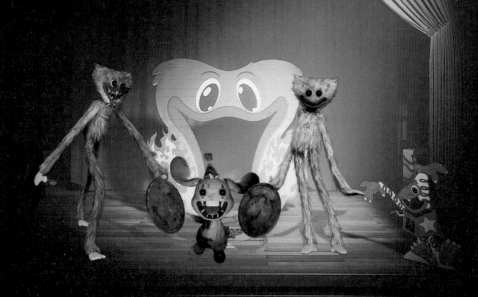

다음 카드는 어떤 규칙에 따라 놓여 있어. 물음표에 올
친구는 누구일까? 보기 에서 찾아서 표를 ○해 봐!

보기

마미 롱 레그를 따라가라!

14단계

제한시간 **90**초

PJ 퍼그어필러 얼굴과 마미 롱 레그 얼굴로 미로 길이 만들어졌어.
길이 끊어지거나 건너뛰거나 사선으로 갈 수는 없어.
마미 롱 레그 얼굴을 따라가며 미로 길을 빠져나가 봐.

나만 잘 따라오도록 해!

출발 ↓

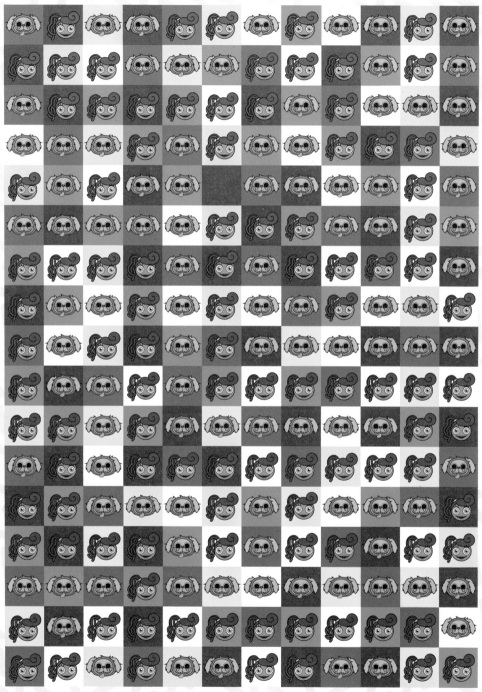

도착 ↓

난센스 터널을 통과하라!

15단계까지 오다니, 제법인걸? 이번엔 난센스 퀴즈야.
너무 어렵게 생각하지 말고, 사고를 넓혀 보라고~!

Q 퀴즈 1

물고기의 반대말은?

〈퀴즈 1〉 힌트
딱 한 글자 차이야!

이상한 사람들만 모이는 곳은?

Q 퀴즈 2

〈퀴즈 2〉 힌트
친구들이 가장
가기 싫어하는 곳 중
하나야. 하지만
다녀오면 상태가
훨씬 좋아지지.

〈퀴즈 3〉 힌트
보통 보드게임을
할 때 이것 두 개가
필요해.

Q 퀴즈 3

얼굴은 6개이고 눈은 21개인 것은?

뭐야, 하나도 모르겠잖아!
자, 잠깐! 두 문제는 예전에 퀴즈 좋아하는
솔이가 냈던 문제였는데…!

Q 퀴즈 4

방귀를 뀌는 나무는?

〈퀴즈 4〉 힌트
이 나무에서 열리는
과일로 잼, 주스를
만들어 먹어.

Q 퀴즈 5

가슴 속에 흑심을 품고 있는 것은?

〈퀴즈 5〉 힌트
지우고 쓸 수 있어.

통과
성공!

단어를 완성하라!

간신히 터널을 통과했는데 이번엔 미로에 갇혀 버리고 말았어.
위에 보이는 알파벳을 이용해 '한 번 들어가면 쉽게 빠져나올 수
없는 길'을 뜻하는 단어를 완성해 봐!

여긴 또 어디지?
마치 미로 같아.

迷	路	迷	路	迷	路
미혹할 미	길 로(노)	미혹할 미	길 로(노)	미혹할 미	길 로(노)
迷	路	迷	路	迷	路
미혹할 미	길 로(노)	미혹할 미	길 로(노)	미혹할 미	길 로(노)
迷	路	迷	路	迷	路
미혹할 미	길 로(노)	미혹할 미	길 로(노)	미혹할 미	길 로(노)

영어 단어 완성

M	A	Z	E	M	A	Z	E
M	A	Z	E	M	A	Z	E
M	A	Z	E	M	A	Z	E

숫자를 이어서 그림을 완성하라!

제한시간 **120**초

키시미시가 오랜만에 만난 허기워기를 만났어!
숫자 점을 이어서 서로의 모습을 완성 시켜 줘.

허기워기의 짝꿍 키시미시!
둘이 빨리 만날 수 있게 해 줄게!

44

허기워기가 저렇게 행복해 보이는 모습은 오랜만이네.
역시 키시미시와 함께 있어야 한다니까~.

범인을 찾아라!

에엥~ 에엥~ 경고등에 불이 들어 왔어.
이건 뭔가 유독가스가 새어 나왔을 때 울리는 신호인데….

에엥~

으윽!
지독한 냄새…!

숨을 멈춰! 퀴즈를 맞히면 냄새는 사라질 거야.
유독가스를 배출한 범인은 누구일까?

19 단계
문장을 완성하라!

제한 시간 **90**초

맞춤법이 맞는 문장을 연결하여 문장을 완성해라.
완성하지 못하면 편지를 100장 써야 할 거야.

박시부의
힘이 한풀 •

• 꺾였다.

• 껵였다.

파피가 꽃이
되다니 •

• 왠일이야!

• 웬일이야!

부기 봇이
위를 ·

· 가리키다.

· 가르치다.

캔디 캣이
캔디를 ·

· 잃어버렸어.

· 잊어버렸어.

끝말잇기를 성공하라!

끝말잇기를 성공해야 번조 버니를 피해서 이 어두운 기찻길을
빠져나갈 수 있어! 빈칸에 알맞은 단어를 써 봐.

너무 어두워서
길이 보이지
않아!

시작 단어는 내가 정하지!

시작 → 번조 버니

니트

트로피

피아노

노

51

알파벳을 조합하라!

거대한 거미줄에 갇혀 버린 민준이. 흩어져 있는 알파벳을 이용해
마미 롱 레그의 이름을 완성해야 여기서 빠져나갈 수 있어!

다른그림을 찾아라!

22단계

제한시간 90초

장난감들의 쫓고 쫓기는 긴박감 넘치는 두 개의 사진이 보이지?
두 사진을 비교해 서로 다른 다섯 군데를 찾아야 22단계를
통과할 수 있어!

54

사진을 보고 있으니, 괜히 오싹해져!
어서 다섯 군데를 찾아서 여길 떠나야겠어!

초성으로 추리하라!

23단계

제한시간 60초

바닥에 쓰여 있는 초성을 보고 무슨 단어인지
다음 각각의 힌트를 보고 맞혀 봐.
제한 시간을 지나면 다음 방으로 가는 문은 닫히고 말 거야!

바닥에
무슨 글자가 쓰여 있네.
ㄸㅂㄸㅂ, ㅅㅈ,
ㄱㄱㄹ?

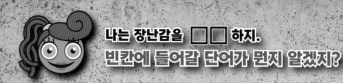

나는 장난감을 □□ 하지.
빈칸에 들어갈 단어가 뭔지 알겠지?

1

말을 또렷하게 하거나 글씨를 잘 알아보게
쓰는 모양을 뜻하는 단어.

정답:

힌트 행동을 나타내는 의태어야. 두 글자가 반복돼.

2

어떤 것을 모으는 것을 뜻하는 단어.

정답:

힌트 비슷한 단어로는 채집이라는 단어가 있어.

3

몸이 축축하고 뒷다리가 길며 발가락
사이에 물갈퀴가 있는 동물의 이름.

정답:

힌트 어렸을 때는 물속에서 살고, 꼬리도 가지고 있어.

암호를 해독하라!

벽면의 표에 글자가 있어. 표 안에는 어떤 메시지가 숨어 있지.
힌트에 있는 숫자를 보고 어떤 메시지가 숨겨져 있는지 찾아봐.

5	김	이	최	랑	고
4	오	성	해	만	바
3	나	앞	사	야	가
2	은	제	다	시	큼
1	보	만	정	여	말
	1	2	3	4	5

자, 집중하자. 힌트에 있는 숫자는 **가로, 세로**를 나타내는 숫자야. 힌트의 숫자가 2, 3이라면 가로 2, 세로 3에 적힌 글자를 나타내.

힌트: 2, 3 / 4, 4 / 1, 1 / 5, 5 / 5, 3 / 4, 2 / 1, 4

5	김	이	최	랑	고
4	오	성	해	만	바
3	나	앞	사	야	가
2	은	제	다	시	큼
1	보	만	정	여	말
	1	2	3	4	5

알아냈어! 메시지는 ☐ ☐ ☐ ☐ ☐ ☐ ☐ 야!

문장을 완성하라!

이번 퀴즈는 키시미시와 번조 버니가 준비했어. 노랑, 빨강, 파랑,
연두 버튼을 누를 때마다 화면에 글자가 나타나는데, 조합하면 문장이 되지.
문장 속 버튼으로 표시된 글자를 맞혀 문장을 완성해 봐!

◯◯ 은 내 ◯◯ 중에서

가장 중요한 날이며 다른 모든 날을
결정해 주는 날이다.

- 미셀 몽테뉴

◯◯ '지금 지나가고 있는 이날'을
뜻하는 단어다.

◯◯ '사는 동안이나 살아온 평생'을
뜻하는 단어다.

SOS

▶  '어제의 다음날', '내일의 어제'를 말해.

▶ 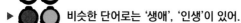 비슷한 단어로는 '생애', '인생'이 있어.

다른그림을 찾아라!

26단계

제한시간 **30**초

왼쪽의 모습과 오른쪽의 모습을 비교하여
다른 다섯 군데를 표시해 봐. 만약 못 찾으면 이들이 어떻게 변할지 몰라!

63

27단계

제한시간 **100초**

1~16까지 길을 찾아가라!

이번엔 1~16까지 순서대로 길을 만들어 통과해 봐.
28단계로 넘어갈 수 있는지 지켜보겠어.

생각보다
쉽지 않을걸?
하하하하!

1~16이
왜 이렇게 헷갈리지?!
좋아! 이럴 때는
**이어지는 숫자가
어떤 방향으로 있는지**
먼저 살피는 게 중요해!

꾸물대는 동안 벌써 50초가 흘러가 버렸군.
후회하지 말고 어서 출발하라고!

좋아,
해보는 거야!

출발 →

도착 →

나를 찾아줘!

28단계
제한시간 90초

파피가 꽃으로 변했어! 비슷하게 보이는 꽃들 중에
진짜 파피를 찾아야 파피가 원래 모습으로 되돌아갈 수 있어.

파피는
꽃으로 변해도
귀엽구나!

보기

3

4

5

6

숨은그림을 찾아라!

29단계

제한시간 60초

수많은 어린이들에게 사랑받았을 때의 플레이타임 사의 포스터야.
포스터 속 숨겨진 물건을 찾아봐!

나 **마미 롱 레그**의 가족 포스터네.
행복해 보이는 그림 속 숨겨진 물건을 찾아봐!

이름을 맞혀라!

세계에는 많은 나라가 있고, 그보다 더 많은 도시가 있어.
이번엔 나라와 도시에 관한 퀴즈다.
민준, 너의 상식을 총동원해 봐!

이번 단계를 통과하지 못하면, 평생 게임 금지야!

🔓 가로열쇠

1. 중국 역사에서 오랫동안 수도였으며, 천안문과 자금성, 이화원 등의 유적이 있는 중국의 도시.

천안문

4. 마드리드 궁전과 마드리드 광장, 유명 축구단의 홈구장으로 유명한 산티아고 베르나베우 경기장 등의 명소가 있는 스페인의 수도 이름.

마드리드 광장

5. 고대 그리스 문명이 생겨난 곳으로 파르테논 신전, 고대 아고라 등의 유적이 있는 그리스의 수도 이름.

파르테논 신전

🔓 세로열쇠

2. 유럽 중남부에 위치하며 로마제국의 찬란한 문화유산과 파스타, 리소토, 피자 등의 음식으로 유명한 나라 이름.

파스타

3. 문화와 역사의 중심이었던 로마제국이 남긴 문화유산 콜로세움, 팔라티노 언덕, 산탄젤로 성 등을 볼 수 있어 세계적인 관광지로 사랑받고 있는 도시 이름.

콜로세움

6. 삼각형 두 개를 겹쳐 놓은 모양으로 세계에서 유일하게 사각형이 아닌 국기가 특징이며, 히말라야 산맥의 남쪽에 위치한 국가 이름.

국기

31 단계

제한시간 **120**초

마미 롱 레그 가족의 그림을 완성하라!

왼쪽의 마미 롱 레그 가족 사진을 보고 오른쪽 그림의 점선을 잇고, 색칠해 봐.

아니, 이런! 누가 사랑하는 마이 베이비를 점선으로 만들어 놓았지?! 빨리 우리 가족을 원래대로 돌려놓지 않으면 너무 화가 날 것 같네!

우선 마미 롱 레그의 아기부터 완성해야겠다!

덜 덜 덜

72

32단계 난센스 퀴즈를 풀어라!

제한시간 **90초**

Pj 퍼그어필러가 이번엔 엄청 어려운 난센스 퀴즈를 준비했어.
퀴즈를 풀지 못하면 그 녀석과 놀아 줘야 할 거야. 영원히~!

앞선 단계에선
운 좋게 통과했지만,
이번엔 쉽지 않을걸.
과연 힌트 없이도
잘 풀어낼 수 있을까?
크흐흐, 잘해 보라고~.

퀴즈 1 방은 방인데 사람이
들어갈 수 없는 방은?

퀴즈 2 혼자만 갈 수 있고,
여권도 돈도 필요 없는 나라는?

Pj 피그어필러가 단단히 벼르고 있네.
민준아, 네가 꼭 맞혀서 통과하길 응원할게.

퀴즈 3 쇼핑을 가장 좋아하는 동물은?

퀴즈 4 동화는 동화인데
읽을 수 없는 동화는?

퀴즈 5 왠지 기분 나쁜 떡은?

꾸벅

꾸벅

퀴즈 6 좋은 꿈을 꿀 수 있게
도와주는 개는?

퀴즈1 정답	퀴즈2 정답
퀴즈3 정답	**퀴즈4 정답**
퀴즈5 정답	**퀴즈6 정답**

둘 중에 하나를 골라라!

33 단계

제한시간 **60**초

이번엔 보기 중에서 정답에 ○를 표시하는 스피드 퀴즈다.
60초 이내에 8문제를 빠르게 맞혀야만 이번 단계를 통과할 수 있어!

1

우리 몸에서 더 빨리 자라는 것은
손톱 , **발톱** 이다.

2

보고 들은 것이 적어서 세상일을
잘 모르는 사람을 가리켜 '우물 안
개구리 , **원숭이** 라고 한다.

3

이집트 전설 속 영원히 죽지 않는 새는
화식조 , **불사조** 이다.

4

물이 깊은 곳에서 수영을 할 때는
안전을 위해서 발에
오리발 , **거위발** 을 신어야 한다.

76

정답이 뭔지 헷갈린다면, 처음에 생각했던 걸 골라 봐. 그게 정답일 확률이 높을 거야, 믿거나 말거나~.

5

방울뱀은 몸의 **머리** , **꼬리** 에서 방울 소리가 난다.

6

어린이를 사랑한 방정환이 만든 날은 **어버이날** , **어린이날** 이다.

7

태양계의 5번째 궤도를 돌고 있는 태양계의 행성 중 가장 큰 행성은 **목성** , **토성** 이다.

8

세계에서 가장 많은 사람이 사용하는 언어는 **영어** , **중국어** 이다.

다른그림을 **찾아라!**

오래된 Pj 퍼그어필러의 포스터가 두 개 보이지?
왼쪽과 오른쪽을 비교해 다른 네 군데를 찾아봐!
제한 시간이 지나면 Pj 퍼그어필러가 튀어나올지 몰라!

HUNGRY TO LEARN

3개는 알겠는데, 나머지 1개를 못 찾겠어.
고민하다 보니, 벌써 10초밖에 안 남았어…!

HUNGRY OR LEARN

암호를 해독하라!

바닥에 글자가 있어. 표 안에는 어떤 메시지가 숨어 있지.
힌트에 있는 숫자를 보고 어떤 메시지가 숨겨져 있는지 찾아봐.

전의 퀴즈처럼
힌트는 가로, 세로의
숫자로 보면
되겠지?

힌트: 5, 1 / 3, 2 / 3, 4 / 1, 5 / 2, 3 / 5, 6 / 6, 7

	1	2	3	4	5	6
7	소	나	타	겨	울	임
6	놀	이	터	에	타	큰
5	레	면	하	물	잠	수
4	말	정	플	얼	마	틴
3	괜	이	면	정	남	캡
2	경	원	피	고	지	유
1	교	숭	고	라	파	않

내가 아주 정성스럽게 퀴즈를 냈단다, 호호호~!

우리의 마음을 맞혀봐!

다음의 상황 속 우리의 마음이 어떨까?
보기에서 알맞은 감정 표현을 골라 봐!

보기

사랑한다	무섭다	심심하다
부끄럽다	슬프다	즐겁다

1

허기워기를 만난
플레이어는
지금 매우

2

키시미시와
허기워기는 서로

3

기차에 탄
어린이 친구들은
지금 몹시

83

이름을 맞혀라!

37 단계

제한 시간 90초

이름을 잃어버려서 화가 난 친구들을 진정시켜야 해.
똑같이 반복되는 알파벳을 찾아 이름을 완성해 줘!

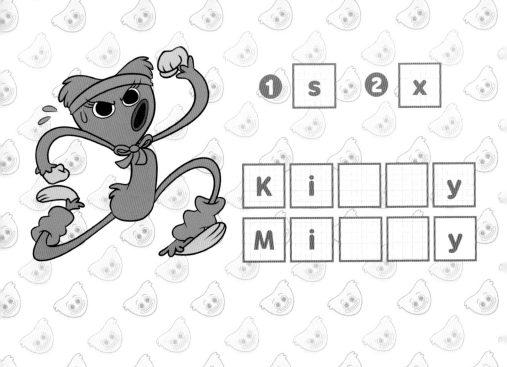

① s **②** x

K i ◻ ◻ ◻ y

M i ◻ ◻ ◻ y

① u **②** o

B ◻ ◻ g i e

B ◻ t

84

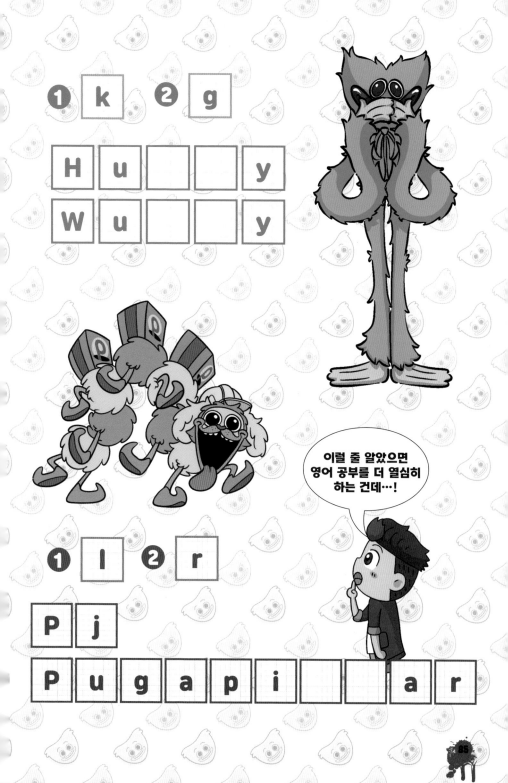

손을 찾아라!

38단계

제한시간 **70초**

마미 롱 레그가 미로를 통과하다가 손을 잃었어.
마미 롱 레그의 손을 어서 찾지 않으면 마구잡이로 움직이는
그녀의 손에 잡히고 말거야! 서둘러!

저 멀리 있는 건…
앗, 마미 롱 레그?!
오, 오지 마!

출발

도착

가로세로 퍼즐을 맞혀라!

39단계

제한시간 20초

가로와 세로 설명을 잘 읽고, 시계 속의 퍼즐을 맞혀 보도록!
시계가 화내기 전에 말이야~.

가로 문제

❶ 경찰의 사무를 맡아보는 관청.

❸ 시력이 나쁜 눈을 잘 보이게 하기 위해 쓰는 물건.

❹ 화재 때 불을 끄기 위해 건물 안팎에 만들어 놓은 수도 시설.

세로 문제

❶ 일정한 규칙 아래 기량과 기술을 겨룸.

❷ 서쪽에 있는 해안.

❸ 자동차, 비행기 등에서 사고가 났을 때 충격으로부터 보호하기 위해 사람을 좌석에 고정하는 띠.

88

40단계

제한시간 **90초**

속담을 찾아라!

이번엔 Pj 퍼그어필러가 나타났어.
그리고 다짜고짜 문제를 맞히라고 다그쳤지.
저 웃는 얼굴이 언제 바뀔지 모르니 조심하라고!

1

'꺼리고 싫어하는 존재를 피할 수 없는 곳에서
만나게 되었을 때' 말하게 되는 속담은
<보기> 중 몇 번일까?

① 믿는 도끼에 발등 찍힌다더니!
② 보기 좋은 떡이 먹기도 좋다더니!
③ 말이 씨가 된다더니!
④ 원수는 외나무 다리에서 만난다더니!

2

'한두 번 정도는 몰래 나쁜 짓을 할 수 있겠지만,
계속 반복하면 결국 들키게 될 것'이란 뜻의
속담은 <보기> 중 몇 번일까?

① 꼬리가 길면 밟힌다
② 가랑비에 옷 젖는 줄 모른다
③ 도둑이 제 발 저리다
④ 물에 빠진 놈 건져 놓으니까 내 봇짐 내놓으라 한다

퍼즐 조각을 맞춰라!

스티커를 붙여 퍼즐 조각을 맞춰 봐.
90초 안에 완성하지 못하면 키시미시와 마주하게 될 거야!

41단계

제한
시간 **90**초

붙여야 할 스티커가 8개나 되잖아!
우선 키시미시부터 완성해 보자!

알맞은 숫자를 넣어라!

박시부의 별 무늬 안에 어떤 숫자가 새겨져 있어.
이 숫자의 규칙을 찾아 정답을 맞혀봐.

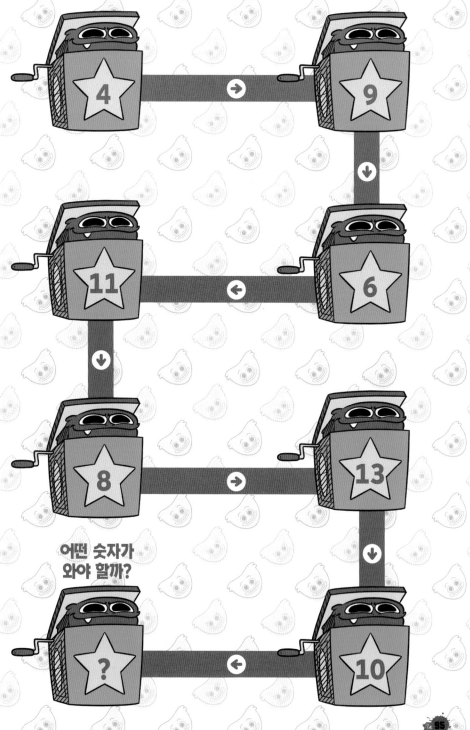

어떤 숫자가
와야 할까?

직업을 맞혀라!

박시부에게서 벗어나다니 대단한데?
이번엔 PJ 퍼그어필러가 직업 퀴즈를 가지고 등장했어.

1. 이 세 명의 직업은?

아인슈타인

에디슨

뉴턴

정답은?

2. 신선한 재료를 다양한 조리 방법으로 요리해 맛있는 음식을 만드는 사람은?

① 요리사　　② 교사　　③ 약사　　④ 한의사

민준이 너의 미래 직업이 궁금해지는군.
이곳에서 우리와 함께 장난감을 만드는 건 어때?

3. 공간을 설계하고 그곳에 어울리는
가구나 조명, 커튼, 벽지 등을 고르는 일을 하는 직업은?

① 판사 　　② 기자 　　③ 헤어 디자이너 　　④ 인테리어 디자이너

4. 컴퓨터 프로그램의 알고리즘을 설계하고,
프로그램을 작성하고 테스트하는 직업은?

① 게임그래픽 디자이너 　　② 웹툰만화가
③ 웹디자이너 　　　　　　④ 프로그래머

하나가
헷갈리는데…!

OX퀴즈를 풀어라!

제한시간 **90**초

이번엔 보기 중에서 정답에 ○를 표시하는 스피드 퀴즈다.
60초 이내에 8문제를 빠르게 맞혀야만 이번 단계를 통과할 수 있어!

1
탄산음료를 마신 후에는
바로 이를 닦아야 한다.

2
세계에서 가장 큰 사막은
사하라 사막이다.

3
아침에 일어나면서
기지개를 켜면 좋다.

4
자유의 여신상이 있는
나라는 영국이다.

다 헷갈리는 문제들뿐이잖아.
그냥 직감으로 찍어야 하나?

5

프랑스의 수도에는
에펠탑이 있다.

6

호두는 두뇌 건강과
피부에 좋다.

7

대한민국에서
가장 높은 건물은
서울 롯데타워다.

8

손가락에는 근육이 없다.

처음 생긴 구멍을 찾아라!

제한시간 **60초**

마미 롱 레그가 화가 나서 창문으로 장난감을 마구 던져 버렸어!
제일 아끼던 장난감을 첫 번째 구멍으로 던져 버렸대.
첫 번째 구멍을 찾아 장난감을 찾아 와야해!

내 장난감을
찾아주지 않으면
너도 던져
버릴 거야!

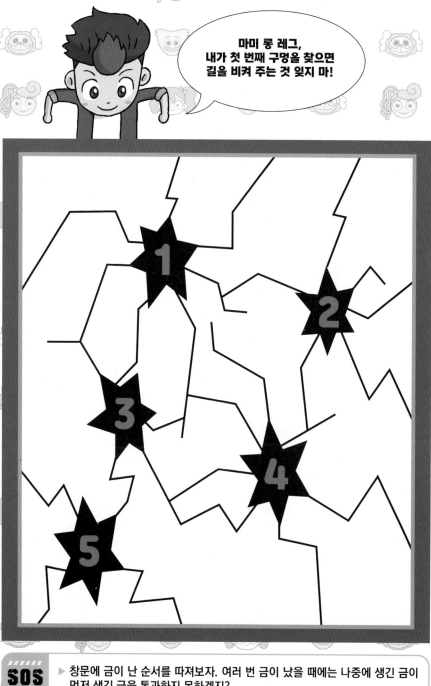

▶ 창문에 금이 난 순서를 따져보자. 여러 번 금이 났을 때에는 나중에 생긴 금이 먼저 생긴 금을 통과하지 못하겠지?

숫자를 추리하라!

이제 거의 고지에 다 왔다고 생각한 나는 철문 앞에 붙여진
종이를 보고 깜짝 놀랐어.

벽에 붙은
숫자를
추리해 봐.

$5 + 3 = 28$

$9 + 1 = 810$

$7 + 2 = 59$

$8 + 3 = 511$

$5 + 4 = $ ☐

초의 개수를 답하라!

47 단계

제한시간 **60**초

키시미시가 케이크의 초를 10개 꽂고, 10개의 초에 불을 붙였어.
그런데 꺼져 버려서 지금 무척 화가 난 상태야. 남아 있는 초 개수를
알려주고 초를 다시 켜면 키시미시가 길을 비켜줄 거야.

키시미시가 케이크에 10개의 초를 꽂고, 불을 붙였어.
그때 어디선가 바람이 불어 촛불 1개가 꺼져 버렸지.
그런데 또다시 바람이 불더니 촛불 3개가 꺼졌지 뭐야.
10분 후 남아 있는 초는 모두 몇 개일까?
남아 있는 초의 개수를 키시미시에게 알려주고
초를 색칠해서 불을 켜 봐!

간단한 것 같지만
함정이 있다는 걸
알았지~.

남은 초의
개수는?   개

빈칸을 채워라!

용케 48단계까지 왔군. 이곳엔 숫자 퍼즐이 있어.
빈칸을 채운 후 다음 단계로 전진하라고~!

빈칸이 너무 많아!
시간 안에 다 숫자를
채워 넣을 수
있을까?

명심해! 숫자는
한 번씩이야!

4	2		
		1	2
2			

수수께끼를 풀어라!

49단계

제한시간 40초

길 끝에 허기워기가 통로를 막고 있어!
허기워기가 준비한 수수께끼를 맞혀야만 지나갈 수 있다고! 준비됐어?

1 눈, 코, 입 없이
귀만 있는 것은?

2 자는 자인데 부엌에서만
쓰는 자는?

3 바다 속에 사는 파리는?

4 가스는 가스인데 맛있는
냄새가 나는 가스는?

물의 양을 구하라!

낮잠 자는 박시부를 깨워야 해.
만약 자게 놔뒀다간 밤잠을 잊은 박시부 때문에 밤새 시끄러울 테니까.
박시부를 깨우는 데는 한 병 가득 물이 필요한데, 물이 조금 부족해.

병의 눈금은 500ml까지만 있어.
병을 꽉 채우기에 부족한 물의 양을 알려면 어떻게
해야 하지? 내가 지켜볼 테니, 어서 풀어 보라고!

한 병 가득
물을 마셔야 한단
말이지?
그렇다면…!

필요한 물의 양을 구하는 방법

500ml —

450 —

400 —

350 —

300 —

250 —

200 —

150 —

100 —

50 —

숨겨진 글자를 찾아라!

51단계

제한시간 100초

이쯤 되면, 플레이타임 사의 인기 장난감들의 이름을
다 알고 있겠지? 아래의 표 속에 이름들이 숨겨져 있으니,
설명에 맞는 이름을 찾아 써 봐.

부	시	우	그	캣	재	은
봉	호	마	성	버	유	환
지	카	미	품	재	활	용
루	번	송	허	브	나	론
레	조	진	기	귀	워	오
오	비	시	워	여	파	피
라	니	러	기	거	롱	랑

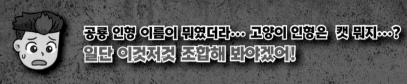

공룡 인형 이름이 뭐였더라… 고양이 인형은 캣 뭐지…?
일단 이것저것 조합해 봐야겠어!

1 팔다리가 원하는 대로 늘어나 마음만 먹는다면 기괴하고 무서운 모습을 만들 수 있다.

2 플레이타임 사에서 가장 지적인 인형이자 뜻을 위해서라면 무엇이든 한다.

3 친근하고 귀여운 공룡이지만, 공장 여기저기에서 피와 먼지 묻은 모습으로도 많이 발견된다.

4 겉모습은 귀여워 보이지만, 입을 여는 순간, 공포스러운 이빨들이 드러난다.

5 사랑스러운 고양이 인형이지만, 공장 곳곳에서 부서진 모습으로 발견된다.

6 매력적인 파티 의상과 심벌즈로 주변을 즐겁게하는 인형이지만, 심벌즈가 공포스러운 무기가 되기도 한다.

선물을 골고루 나눠라!

박시부가 선물을 나눠주고 있어. 이제 남은 선물은 3개!
이 3개의 선물을 아버지 2명, 아들 2명에게 나눠줘.

선물은 3개인데
어떻게 아버지 2명과
아들 2명에게
나눠주란 말이야?
그게 말이 돼?

선물을 반으로 쪼개면 어떨까?

정답

미로를 탈출하라!

53단계

제한시간 90초

허기워기에게 쫓기는 플레이어를 구출해 줘! 미로를 찾으면,
다음 단계로 가는 길 또한 발견할 수 있을 거야!

저건 또
무슨 상황이야!
허기워기에게 잡히면
어떻게 되는 거야?
무, 무서워….

허기워기가 왜 저렇게 화가 났지?

플레이어가 허기워기에게 잡히면,
민준이 너도 위험해질걸!

날씨를 맞혀라!

이번 단계 퀴즈는 번조 버니가 준비했어. 다음의 날씨 표에는
일주일간의 날씨와 함께 특별한 정보가 적혀 있어.
아래의 설명을 듣고 표를 완성해 봐!

새로운 사실을 알려줄까?
플레이타임 사에는
특별한 날씨에만 플레이어가 방문해.
그들은 흐린 날에 오고,
맑은 날에는 오지 않아.
그리고 이틀 연속해 비가 내리면,
그 다음 날엔 플레이어가 실종돼.
흐린 날은 '구름'
맑은 날은 '해',
비 내리는 날은 '비'로 표현해.

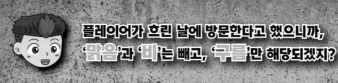

플레이어가 흐린 날에 방문한다고 했으니까,
'맑음'과 '비'는 빼고, '구름'만 해당되겠지?

단, 일주일 날씨 표에 해, 구름, 비가 두 번 이상씩
들어가야 해!

플레이어가
방문했을 때, 날씨는
모두 구름(흐린 날),
수요일에 플레이어가
실종되었으니, 월, 화는
비가 내리겠네.

〈날씨 표〉

월	화	수	목	금	토	일
비				비		
	아무도 방문하지 않음	플레이어 실종	아무도 방문하지 않음		아무도 방문하지 않음	플레이어 방문

OX 퀴즈를 풀어라!

55단계

제한시간 90초

이번엔 정답에 ○를 표시하는 스피드 퀴즈다!
90초 내로 8문제를 빠르게 맞히면 통과할 수 있어!

1

방귀는 참아도 된다.

힌트 방귀를 참으면 배 속에 가스가 생겨.

2

아기가 어른보다
몸의 뼈가 더 많다.

힌트 어른이 되면서 뼈의 개수가 줄어들어.

3

발톱보다 손톱이
더 잘 자란다.

힌트 발톱이나 손톱은 자극을 많이 받을수록 잘 자라.

4

코끼리 똥으로 종이를
만들 수 있다.

힌트 코끼리 똥을 모아 오랜 시간 푹 끓이면 똥 냄새가 사라져.

그런데 방귀는 참아도 되지 않을까?
사람들이 많은데 막 뀔 수는 없잖아.
1번부터 헷갈리네!

5

오징어와 문어는 심장이 한 개이다.

힌트 몸 전체에 피를 보내는 체심장 1개, 아가미로 피를 보내는 아가미 심장 2개.

6

머리카락은 겨울보다 여름에 더 빨리 자란다

힌트 머리카락은 봄과 초여름 사이에 성장 속도가 가장 빠른 편이야.

7

단 음식을 많이 먹으면 눈이 나빠질 수 있다.

힌트 과도한 당 섭취는 시력 저하를 일으킬 수 있어.

8

다리가 저린 이유는 피가 안 통해서이다.

힌트 다리를 꼬고 앉거나 포개어 앉으면 잠깐 동안 다리가 저릴 수 있어.

알맞은 글자를 채워라!

56 단계

제한시간 100초

장난감 방에 의미를 알 수 없는 알파벳들이 둥둥 떠 있어!
무엇을 의미하는지 알 수 없지만, 아무래도 암호인 것 같아.

122

Hi, MJ! Let's ⬜⬜⬜ !

$19 \times 32 = \boxed{}$

$8 \times 25 = \boxed{}$

$47 \times 4 = \boxed{}$

400	A
608	R
503	C
707	B
200	U
325	M
852	Z
188	N

둘 중 하나를 선택하라!

57 단계

제한시간 40초

어두운 길 끝에 유리문 사이로 마미 롱 레그가 보여.
지금부터 40초 안에 퀴즈를 맞히지 못하면,
유리문이 열리고 말 거야!

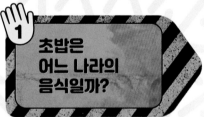

1 초밥은 어느 나라의 음식일까?

일본 **VS** 중국

2 육지에서 가장 몸집이 큰 동물은 무엇일까?

곰 **VS** 코끼리

3 우리나라에서 가장 많은 혈액형은?

O형 **VS** A형

4 알을 낳을 때 바다로 돌아오는 물고기는?

연어 **VS** 뱀장어

5 세계에서 가장 추운 곳은 어디일까?

남극 **VS** 북극

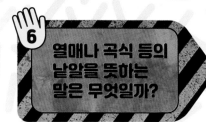

6 열매나 곡식 등의 낱알을 뜻하는 말은 무엇일까?

알맹이 **VS** 알갱이

7 흥부에게 박씨를 물어다 준 새는?

까치 **VS** 제비

친구를 찾아라!

58 단계

제한시간 90초

박시부를 화나게 한 용의자는 캣비와 캔디 캣
그리고 번조 버니 중 한 명이야.
미로를 통과하여 박시부를 화나게 한 친구를 찾아라!

캣비, 캔디 캣, 번조 버니 중 범인은 각오하라고!
박시부는 화가 나면 아무도 못 말리니까.

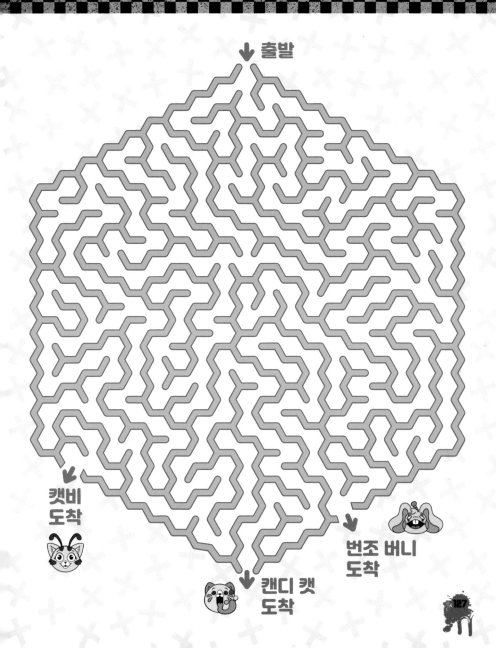

↓ 출발

↓ 캣비
도착

↓ 번조 버니
도착

↓ 캔디 캣
도착

127

난센스 퀴즈를 풀어라!

59단계
제한시간 **40**초

민준, 빠져나갈 수 있을 것 같지? 하지만 안심하긴 일러.
초강력 난센스 퀴즈가 기다리고 있으니까~.

퀴즈 1 동생이 형을 많이 좋아하면?

퀴즈 2 펭귄이 다니는 고등학교는?

128

운이 종군. 난센스 퀴즈는 이제 단련됐다고!
자, 어서 맞히고 집에 가는 거야!

퀴즈 3 자루는 자루인데 아무것도
담지 못하는 자루는?

퀴즈 4 산타클로스가 안 된다고 하는 음식은?

퀴즈 5 불을 끄지 않으면
잠을 못 자는 사람은?

퀴즈 6 말은 말인데 타지 못하는 말은?

퀴즈 7 자꾸 없애기를 좋아하는 개는?

퀴즈 8 들어갈 땐 딱딱하고 나올 땐 물렁물렁한 것은?

퀴즈 9 뼈도 가시도 없는 물고기는?

제한시간 **90**초

암호를 해석하라!

드디어 마지막 문제다! 기쁨도 잠시, 아까까지 갇혀 있었던
마미 롱 레그가 어느새 빠져나와 길을 막고 이상한 암호 문장을 들이댔어!

아래 표를 보고
이 암호를
해석해 봐!
쉽지 않을걸?

☆ ‰ ☆ ∞ ‰ Σ ^ ▲ T ◉ ♣ ☆ # ※ #

집중하자! 마지막 문제야!
차분하게 한 글자씩 해석해 보자!

※	☆	⌒	Σ	T	◐	♣
ㄱ	ㄴ	ㄷ	ㄹ	ㅁ	ㅂ	ㅅ
∞	B	#	▲	▷	‰	◆
ㅈ	ㅊ	ㅏ	ㅐ	ㅑ	ㅓ	ㅔ
ㅋ	δ	◉	&	Ä	Ê	∴
ㅕ	ㅖ	ㅗ	ㅛ	ㅜ	ㅠ	ㅡ

암호 해석

에필로그

"어, 어떻게 퀴즈를 다 맞혔지? 믿을 수 없어…!"

60단계의 정답을 맞히자 마미 롱 레그의 몸이 기계 속으로 빨려 들어가기 시작했어.

"어? 저기…!"

마미 롱 레그가 사라진 자리에 출구가 보였어! 출구를 향해 걸음을 옮기는 찰나 누군가 내 앞을 가로막았지.

허기워기였어. 너무 놀라 심장이 쿵 떨어질 것 같았어.
하지만 출구 쪽을 주시하며 호흡을 가다듬으려 노력했지.
그때, 어디선가 음산한 음성이 울렸어.

"아직은 돌아갈 수 없어, 민준!
이곳에서 새로운 게임을
시작하는 거야!
밤은 아직 기니까~!"

과연 민준의 운명은…? 〈**2**권〉에서 계속됩니다.

마미 롱 레그와 함께하는
성격 유형 테스트

네 ⟶
아니오 ---->

한참 생각하지 말고, 첫 번에 떠오르는 대답으로!

playtime

출발

평소에는
나서지 않지만
불의를 보면
참지 못하고
해결하려 한다.

호기심이 많고,
익숙한 것보다는
새롭고 재미있는
것에 관심이 간다.

단짝이
내가 아닌 다른
친구와 잘 지내면
겉으로는 아닌
척 해도 속으로
많이 신경 쓰는
편이다.

나는 무슨
유형일까
너무 궁금해!

혼자 있는 걸
좋아하고,
관심 있는 분야에만
집중한다.

속상하거나
화가 나면 얼굴에
다 표시가
나는 편이다.

친구에게
상처를 받았거나
걱정 되는 일이
생겨도 금방
잊는 편이다.

134

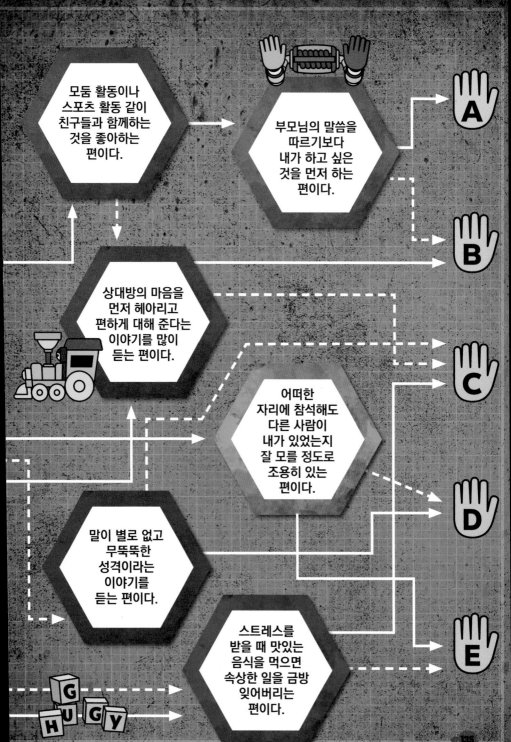

모둠 활동이나 스포츠 활동 같이 친구들과 함께하는 것을 좋아하는 편이다.

부모님의 말씀을 따르기보다 내가 하고 싶은 것을 먼저 하는 편이다.

A

B

상대방의 마음을 먼저 헤아리고 편하게 대해 준다는 이야기를 많이 듣는 편이다.

어떠한 자리에 참석해도 다른 사람이 내가 있었는지 잘 모를 정도로 조용히 있는 편이다.

C

D

말이 별로 없고 무뚝뚝한 성격이라는 이야기를 듣는 편이다.

스트레스를 받을 때 맛있는 음식을 먹으면 속상한 일을 금방 잊어버리는 편이다.

E

마미 롱 레그와 함께하는
성격 유형 테스트 결과

마미 롱 레그가 당신의 결과를 알려 줄 거예요!

Playtime

A 키시미시 유형

낯선 세계를 탐험하며 즐거움을 찾는 타입

새로운 것을 경험하는 것을 두려워하지 않고,
행동력이 뛰어난 당신은 정의감이 강하고 의리도
중요시해 무리에서 리더의 모습을 보입니다.
하지만 가끔 행동이 앞서 문제를 일으키기도 해요.
때로는 주변 사람들의 말에 귀를 기울이는 것이
좋습니다.

B 데이지 유형

포근하고 따뜻한 마음을 지닌 타입

특유의 온화한 미소와 여유로움으로 주변을
편안하게 해 주는 당신은 친구들의 고민을 들어주고,
공감하며, 위로하고, 배려심이 많은 타입이에요.
하지만 지나치게 다른 사람을 배려하다 보면
마음이 지치고, 힘들어질 수 있어요.

C 번조 버니 유형

보기만 해도 기분 좋아지는 타입

긍정적이고 밝은 성격으로 주위를 환하게 만드는
당신은 어딘가 모르게 어리숙한 면도 있어요.
그래서 다른 사람이 챙겨주고 싶은 마음이 들게 되죠.
마음이 여려서 상처받기 쉬우니 조금은 대범해지세요.
자신의 마음을 지키는 것도 중요해요.

D 부기 봇 유형

계획대로 되어야 만족하는
완벽주의자 타입

무슨 일을 하든지 먼저 계획을 세우고,
철저한 준비를 통해 완벽하게 해내고 싶은 당신은
친구들 사이에서 무심하다는 말을 듣기도 해요.
하지만 은근히 친구를 챙겨 주기도 하지요.

E 파피 유형

부끄러움이 많고 조용한 타입

새로운 학기가 시작될 때마다 친구를 사귀는 것이
가장 큰 걱정이고, 발표할 때마다 심장이 튀어나올
정도로 두근대는 당신은 소심하지만 조용히
제 할 일을 하는 사람이에요. 그래도 가끔은 용기를
내어 행동해 보세요.

✋ 1단계 12-13p

✋ 2단계 14-15p

피제이 퍼그어필러를 따라 가시오

✋ 3단계 16-17p

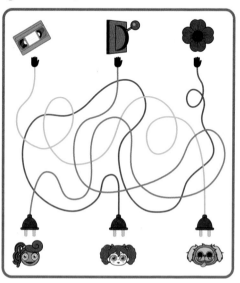

✋ 4단계 18-19p

✋ 6단계 22-23p

7	3	1	4

10	4	5

14	9

23

✋ 5단계 20-21p

✋ 7단계 24-25p

1. 꿈나라
2. 거짓말
3. 시차

• 위의 정답과
다른 답도
자유롭게
생각해 보세요!

✋ 8단계 26-27p

✋ 10단계 30-31p

$(10+20-15) \times 45$
$= 675$

정답은 초록색
비디오 테이프

✋ 11단계 32-33p

✋ 12단계 34-35

정답 ④ 오전 3시 50분

풀이 파피의 전자시계가 멈춘 직후의 시각이 **12시 20분**이고,
그 후 **3시간 30분**이 흘렀어.

13단계 36-37p

14단계 38-39p

출발 ⬇

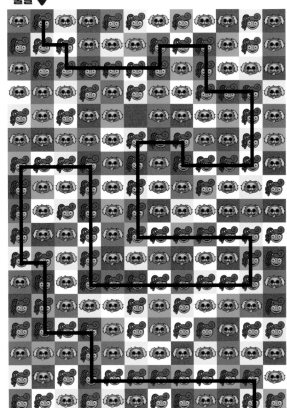

도착 ⬇

15단계 40-41p

1. 불고기
2. 치과
3. 주사위
4. 뽕나무
5. 연필

18단계 46-47p

✋ 19단계 48-49p
박시부의 힘이 한풀 꺾였다.
파피가 꽃이 되다니 웬일이야
부기 붓이 위를 가리키다.
캔디 캣이 캔디를 잃어버렸어.

✋ 20단계 50-51p
'노'로 시작하는 단어를 자유롭게 생각해 보세요!
예) 노래, 노력, 노랑

✋ 21단계 52-53p

MOMMY LONG LEG

✋ 22단계 54-55p

✋ 23단계 56-57p
또박또박 / 수집 / 개구리

✋ 26단계
62-63p

✋ 24단계 58-59p
앞만 보고 가시오

✋ 25단계 60-61p

 : 오늘 / : 일생

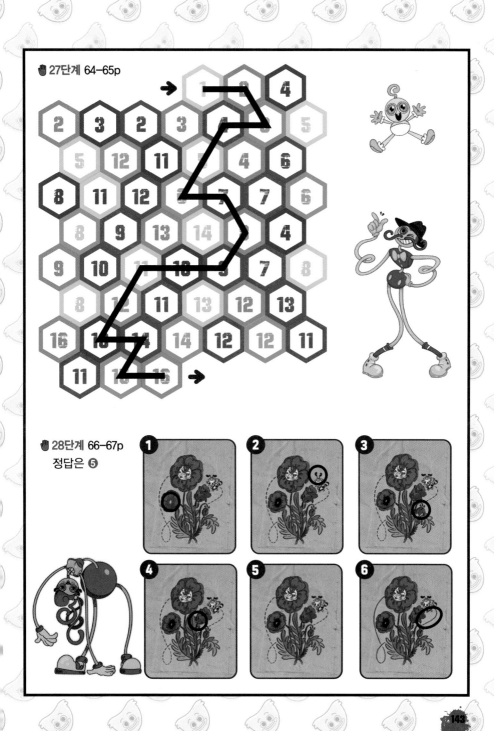

🖐 27단계 64–65p

🖐 28단계 66–67p
정답은 ❺

정답

✋ **29단계**
68–69p

✋ **30단계**
70–71p

	베	이	징	
로		탈		
마	드	리	드	
		아	테	네
				팔

✋ **32단계** 74–75p

1. 가방
2. 꿈나라
3. 사자
4. 운동화
5. 쑥떡쑥떡
6. 베개

앗싸!
다 맞았다.

✋ **33단계** 76–77p

① 손톱 / 발톱
② 개구리 / 원숭이
③ 화식조 / 불사조
④ 오리발 / 거위발
⑤ 머리 / 꼬리
⑥ 어버이날 / 어린이날
⑦ 목성 / 토성
⑧ 영어 / 중국어

파피플레이타임

1. 무섭다
2. 사랑한다
3. 즐겁다

① K i s s y | M i s s y

② B o o g i e | B o t

③ H u g g y w u g g y

④ P j P u g a p i l l a r

✋ 38단계 86-87p

↓ 출발

↓ 도착

✋ 39단계 88-89p

❶경	찰	❷서	
기		해	
		❸안	경
❹소	화	전	
		벨	
		트	

✋ 40단계 90-91p

1. ④ 원수는 외나무 다리에서 만난다더니!
2. ① 꼬리가 길면 밟힌다

✋ 42단계 94-95p

정답 15

('+5'와 '-3'이
번갈아 들어가는
규칙이다.)

146

43단계 96-97p

1. 과학자
2. ① 요리사
3. ④ 인테리어 디자이너
4. ④ 프로그래머

44단계 98-99p

1. ✕ 탄산음료를 마신 후에는 먼저 물로 입을 헹군 후 20~30분 정도 후에 칫솔로 이를 닦는 것이 좋다.

2. ○ 세계에서 가장 큰 사막은 아프리카에 있는 사하라 사막이다.

3. ○ 기지개를 켜면 밤사이 굳은 근육이 풀리고 잠도 잘 깰 수 있다.

4. ✕ 미국에 있는 자유의 여신상은 미국 독립 100주년을 기념해 프랑스가 선물한 거대한 조각상이다.

5. ○ 프랑스를 상징하는 건축물 에펠탑은 수도 파리에 있다.

6. ○ 호두에는 불포화지방산이 풍부해 두뇌 건강과 피부에 좋다.

7. ○ 롯데타워의 높이는 554.5m로 대한민국에서 가장 높은 건물이다.

8. ○ 손가락은 근육이 없고, 손목의 힘줄로 움직인다.

45단계 100-101p

정답 ②

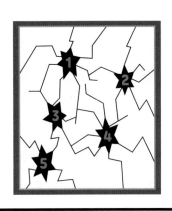

풀이 창문에 **금이 난 순서**를 따져보면 된다. **여러 번 금이 났을 때에는 나중에 생긴 금이 먼저 생긴 금을 통과하지 못한다.** 그림에서 1번 금은 2번 금과 3번 금을 뚫고 지나가지 못했다. 즉, 1번은 2번과 3번보다 나중에 던진 것이란 뜻이다. 3번, 4번, 5번 금은 모두 2번 금을 뚫고 지나가지 못하므로 2번이 가장 처음으로 던진 것이다.

정답

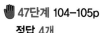
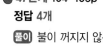

✋ **46단계** 102–103p

정답 **19**

📙 **풀이** 두 숫자를 한 번은 빼고 한 번은 더하면 된다.

✋ **47단계** 104–105p

정답 **4개**

📙 **풀이** 불이 꺼지지 않은 초는 다 타 버리고, 불이 꺼진 4개의 초만 마지막까지 남게 된다.

✋ **48단계** 106–107p

1	3	2	4
4	2	3	1
3	4	1	2
2	1	4	3

✋ **49단계** 108–109p

1. 바늘
2. 국자
3. 해파리
4. 돈가스

✋ **50단계** 110–111p

정답 뚜껑이 꽉 닫힌 물병을
거꾸로 세운 후 눈금을
확인한다.

✋ **51단계** 112–113p

1. 마미 롱 레그
2. 파피
3. 브론
4. 허기워기
5. 캔디 캣
6. 번조 버니

✋ **52단계** 114–115p

정답
손자→아버지→할아버지
순으로 선물을 준다.

📙 **풀이** 아버지는 할아버지의
아들이기도 하기
때문이다.

🖐 53단계 116–117p

출발

도착

🖐 55단계 120–121p

1. ✕   2. ◯   3. ◯   4. ◯

5. ✕   6. ◯   7. ◯   8. ◯

🖐 56단계 122–123p

정답 RUN

풀이 $19 \times 32 = $ **608**

$8 \times 25 = $ **200**

$47 \times 4 = $ **188**

400	A
608	R
503	C
707	B
200	U
325	M
852	Z
188	N

🖐 54단계 118–119p

월	화	수	목	금	토	일
비	비	구름	해	비	해	구름
아무도 방문하지 않음	아무도 방문하지 않음	플레이어 실종	아무도 방문하지 않음	아무도 방문하지 않음	아무도 방문하지 않음	플레이어 방문

풀이 설명에 따르면, 플레이어는 흐린 날, '구름' 날씨에만 방문하고, 이틀 연속해서 비가 내리면, 그 다음 날엔 플레이어가 실종된다. 수요일에 '플레이어가 실종되었다'는 것은 수요일에 플레이어가 방문했다는 의미이며 동시에 월요일과 화요일 연속해서 비가 내렸다는 뜻이다.

🖐 57단계 124–125p

정답 ① 일본   ② 코끼리

③ A형   ④ 뱀장어

⑤ 남극   ⑥ 알갱이

⑦ 제비

정답

58단계 126-127p

↓ 출발

🐻 캔디 캣
도착

59단계 128-129p

1. 형광펜
2. 냉장고
3. 빗자루
4. 울면
5. 소방관
6. 양말
7. 지우개
8. 껌
9. 붕어빵

60단계 130-131p

※	☆	⌒	Σ	T	◑	♣
ㄱ	ㄴ	ㄷ	ㄹ	ㅁ	ㅂ	ㅅ
∞	B	#	▲	▷	‰	◆
ㅈ	ㅊ	ㅏ	ㅐ	ㅑ	ㅓ	ㅔ
ㅋ	δ	⊙	&	Ä	Ê	∴
ㅕ	ㅖ	ㅗ	ㅛ	ㅜ	ㅠ	―

☆‰☆∞‰Σ⌒▲T◑♣☆#※#
ㄴ ㅓ ㄴㅈ ㅓㄹ ㄷㅐ ㅁㅗㅅ ㄴㅏ ㄱㅏ

암호: **넌 절대 못 나가**

150

1판 1쇄 인쇄 | 2023년 12월 19일
1판 1쇄 발행 | 2023년 12월 28일

글 · 구성 | 박수정
삽화 | 차현진
발행인 | 심정섭
편집인 | 안예남
편집팀장 | 최영미
편집 담당 | 이은정
제작 담당 | 정수호
홍보마케팅 담당 | 김지선
출판마케팅 | 홍성현, 김호현
디자인 | 김가희
발행처 | 서울문화사
등록일 | 1988년 2월 16일
등록번호 | 제2-484
주소 | 04376 서울특별시 용산구 새창로 221-19(한강로2가)
전화 | 02-791-0708(판매) 02-799-9148(편집)
팩스 | 02-790-5922(판매) 02-799-9144(편집)
출력 | 덕일인쇄사
인쇄처 | 에스엠그린

ISBN 979-11-6923-853-3
979-11-6923-852-6(세트)

MOMMY
KNOWS-BEST

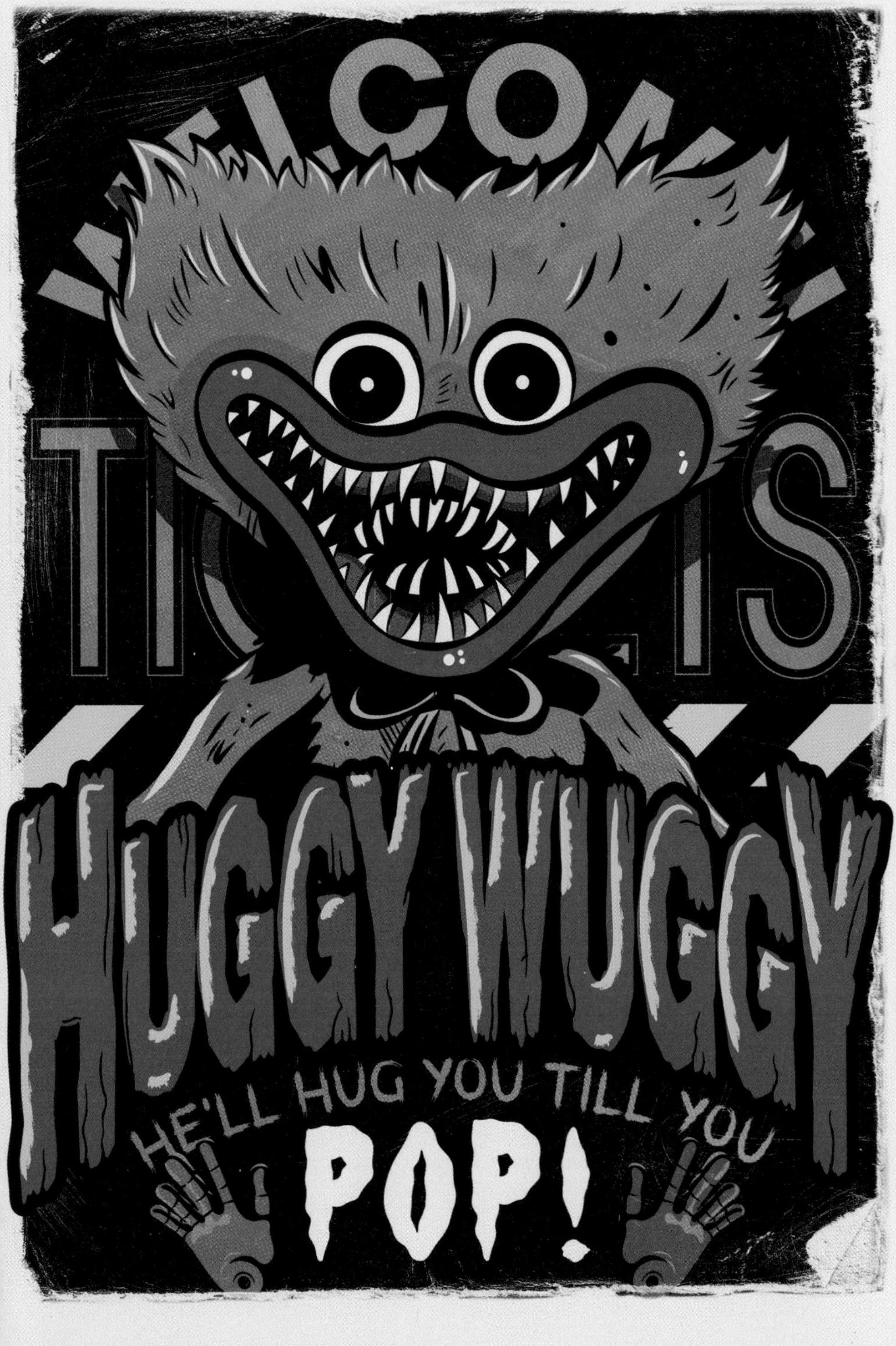
HUGGY WUGGY
HE'LL HUG YOU TILL YOU
POP!

Mob Entertainment가 개발한
글로벌 인기 초특급 공포 게임
파피 플레이타임 첫 공식 설정집

파피 플레이타임 공식 게임 설정집
: 생존자의 비밀 수첩

★파피 플레이타임 챕터4 전에 꼭 읽어야 할 책!
★파피 공식 엠버서더 고스트햄이 번역한 책!

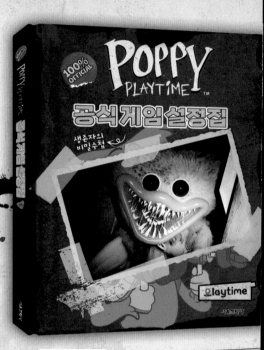

정가 15,000원

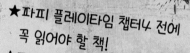

전 독자 특별 선물

부록1 엽서 2종

부록2 띠지로 만드는 포스터 미니북

© 2024 Mob Entertainment, Inc.

구입 문의 (02)791-0708 서울문화

INFINITE STAIRS · NFLY.S

재미있고,
유익하고, 새로운
코믹
스토리북
출간!

NEW!

값 14,000원

미래의 나를 만나기 위한 밍모의 새로운 모험이 시작된다!

꿈이 없어 고민에
빠진 밍모

꿈이 없는
내가
문제일까?

어느 날 게임 속 캐릭터가
내게 손을 내밀었다!

불쑥!

이곳이
게임 세계다!

꽈르르르~

게임 속에서 만나는
다양한 직업의 캐릭터들로
인해 위기에 빠지기도,
도움을 받기도 하는데…!

비행기조종사

꽈아아아악

하지만
첫 미션부터
험난한 고생길이
펼쳐지고,

보디빌더

양봉사

인기 게임 〈무한의 계단〉

정보와 재미 무한대 출동!